ぶたのぶたじろうさんは、みずうみへしゅっぱつしました。

内田《うちだ》麟《りん》太郎《たろう》・文《ぶん》
スズキコージ・絵《え》

きになるなあ

ぶたの　ぶたじろうさんは、
おひるごはんを　すますと　つぶやきました。
「また　また、とんでもなく　たべすぎちゃったな。
はらごなしに　はねてみようか」
さっそく　にわの　トランポリンに、
ぶたじろうさんは　のぼりました。
「よいしょ　よいしょ。
うん、これなら　よく　はねられそうだ。
ゆうがたまで　とびはねたら、この　でっぷり　おなかも、
キツネくんみたいに　すっきりするだろう」

ぴょん　ぴょん　ぴょん。
三ど　かーるく　はねると、ぶたじろうさんは
いきおいよく　はねはじめました。
「いち、にい」
ぴょーん。
「いち、にい」
ぴょーん。
なかなか　よく　はねます。
十かいも　くりかえすと、ぶたじろうさんは、
たちまち　やねよりも　たかく　はねはじめました。

「いち、にい」
ぴょ――ん。
「いち、にい」
ぴょ――ん。
おどろいたのは、やねで　ひるねをしていた　ネコです。
ざらざらごえで　どなりました。
「ざーぎゃ　ざーぎゃ。でっぷり　おなかなんて　めざわりだ。
きんぎょの　となりの　きんじょで　やってくれー」
でも、その　ざらざらごえは
ぶたじろうさんまで　とどきませんでした。

もう　そのときは、でんせんで　さえずっている
スズメよりも、たかく　はねていたからです。
「いち、にい」
ぴょ――――ん。
「いち、にい」
ぴょ――――ん。
おどろいたのは　スズメも　おなじでした。
ぷりぷりごえで　どなります。
「ぷっぴー　ぷっぴー。でっぷり　おなかなんて　めざわりだ。
ラッパの　となりの　はらっぱで　やってくれー」

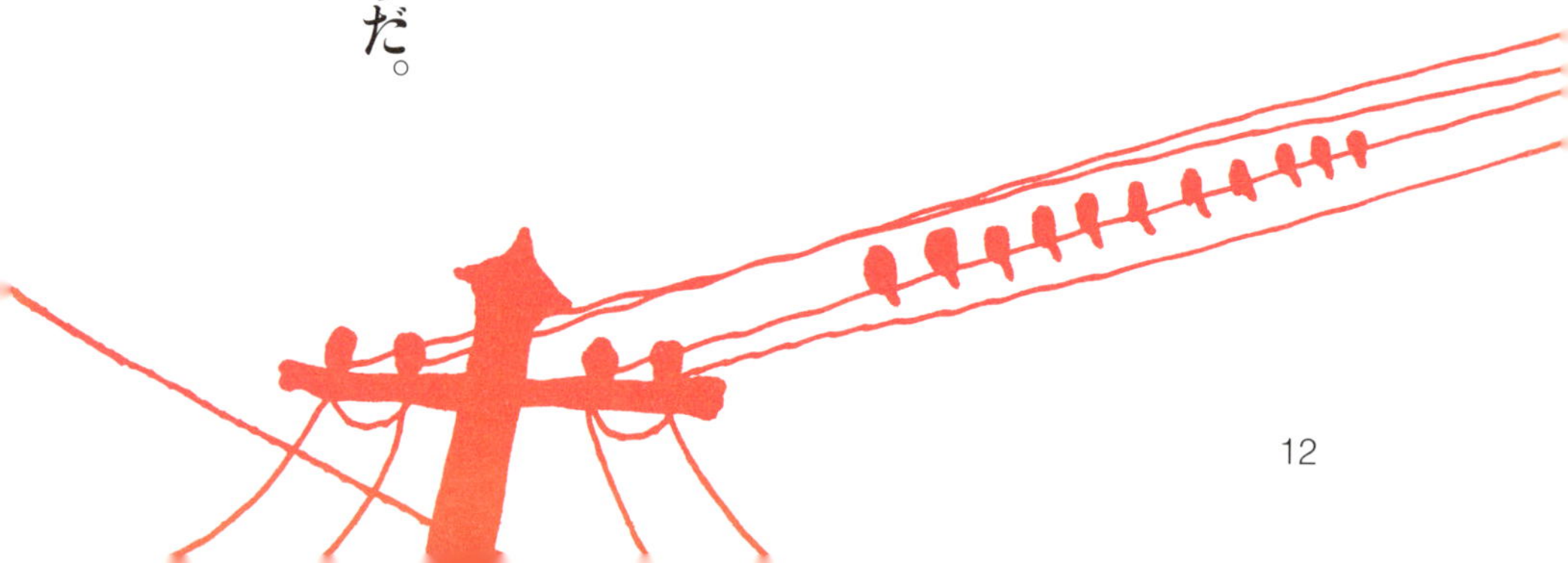

でも　その　ぷりぷりごえも
ぶたじろうさんまで　とどきませんでした。

もう　そのときは、そらの　たこよりも
たかく　はねていたからです。
「いち、にい」
ぴょ――――ん。
「いち、にい」
ぴょ――――――ん。
おどろいたのは　たこも　おなじでした。
ぶんぶんごえで　どなります。
「ぶーん　ぶーん。でっぷり　おなかなんて　めざわりだ。
ゾウの　となりの　どうぞで　やってくれー」

でも　その　ぶんぶんごえも
ぶたじろうさんまで　とどきませんでした。

もう　そのときは、くもよりも　たかく　はねていたからです。

「いち、にい」

ぴょ――――ん。

「いち、にい」

ぴょ――――ん。

いいえ、もっと　はねていました。

「いち、にい」

ぴょ――――――ん。

「いち、にい」

ぴょ――――――――ん。

いいえ、もっと　もっと　はねていました。

「いち、にい」

ぴょ――――――ん。

「いち、にい」

ぴょ――――――――ん。

たかく　たかく　はねあがる　ぶたじろうさんには、
とおい　まちまで　みえました。
まちには、ぽちぽちと　あかりが
ともりはじめて　いました。
もうすぐ　ゆうがたです。
「おなかも　すっきりしたし。
はねるのは　これで　おしまい。
おいしい　ゆうごはんを　たっぷり　いただこう。
たべすぎと　たっぷりは、ぜんぜん　ちがうからな」

そのときです。
がちーん。
ぶたじろうさんは、
なにかに　あたまを　ぶっつけました。
「たすけてー」
じゃぼーん。

ぶたじろうさんは、　にわの　いけへ
おっこちていました。
あたまに　でっかい　こぶを　こしらえて。
でも、　なにに　あたまを　ぶつけたのかは
わかりませんでした。
みみを　すましても、
ひこうきの　とんでいる　おとは　しません。
くもが　ひとつ、
ただ　ふわーんと　ういているだけです。

「へんだなあ、へんだなあ」

ぶたじろうさんは　くびを　かしげました。

それは　ゆうごはんを　たっぷり　たべても
わかりませんでした。

「きになるなあ。でも、おいしいなあ」

「きになるなあ。でも、おいしいなあ」

「きになるなあ。でも、おいしいなあ」

ぶたじろうさんは　またまた
とんでもなく　たべすぎました。

「ああ　くるしい」
ぶたじろうさんは、でっぷり　ふくらんだ
おなかを　さすりながら、よぞらを　みあげました。
くもは　きえ、つきが　でてきます。
だれかさんに　ぶつかられ、
あごに　こぶを　こしらえた
しかめっつらの　おつきさまです。

おおマス

ぶたの　ぶたじろうさんは、
みずうみへ　しゅっぱつしました。
くるまでも　五十にち　かかる　きたぐにです。
そんな　とおいところまで　わざわざ　でかけるのは……。
とびっきり　でっかい　おおマスが　つれると、
ほんに　かいてあったからです。
「なに、なに。あぶらが　こってり　のり、
たべても　せかいいち　おいしい　おおマスだって」
　ぶたじろうさんは、　おもわず
よだれが　つーっと　たれました。

トマトと　ワインで
じっくり　にこんだら……。
どんなに　おいしい
あじに　なるでしょう。
「たまんないよー。
がまんできないよー」

ぶたじろうさんは、くるまを　とばしました。
ぶうわーん　ぶうわーん。
まちの　でぐちで　あおしんごうを　まっていると、
マントヒヒが　たずねました。
「どこに　いかれるのかね」
「ずーっと　きたです」
「ずーっと　きたねえ」
あったかい　ところで
うまれた　マントヒヒは、
ぶるっと　からだを　すくめました。

「それじゃ、いってきます」
「ああ、かぜを　ひくなよ」
マントヒヒは、てを　ふってくれました。

ぶうわーん　ぶうわーん。
ぶたじろうさんは　はしりました。
まちを　ぬけ、むらを　こえ、やまを　のぼり。
くるまは　さばくを　はしっていきます。
「なんという、あつさだい。
あっちちの　あっちちの　あっちちの　ち」
あまりの　あつさに、ぶたじろうさんは
シャツ一まいに　なりました。
それでも、あせが　ぽたぽたと
したたりおちてきます。

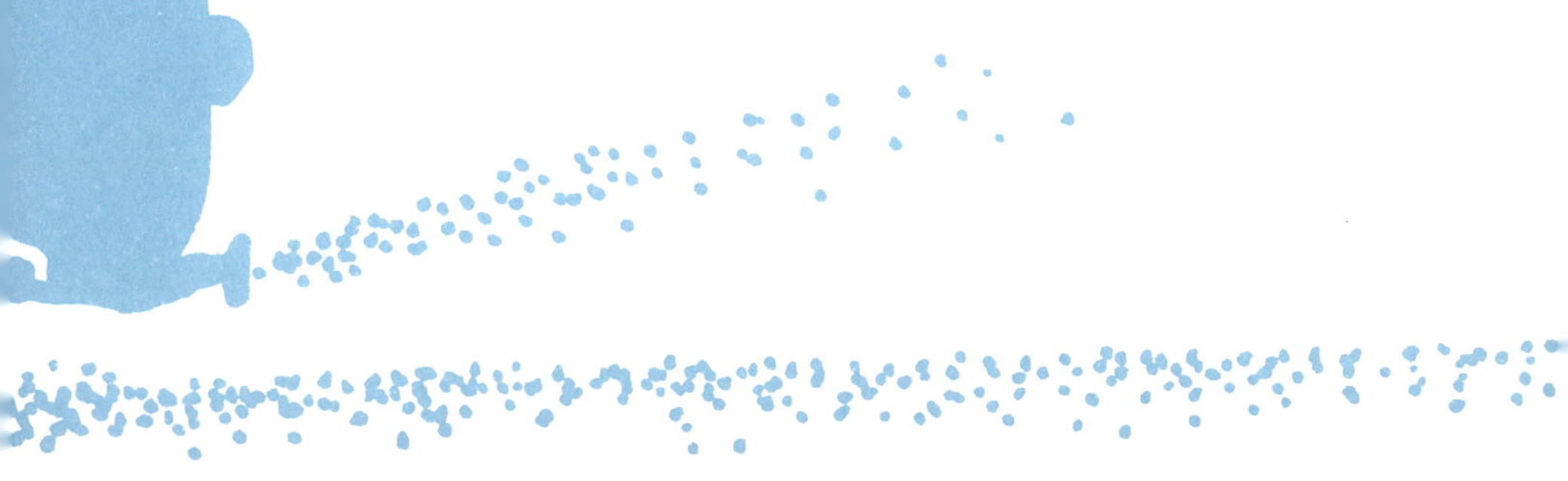

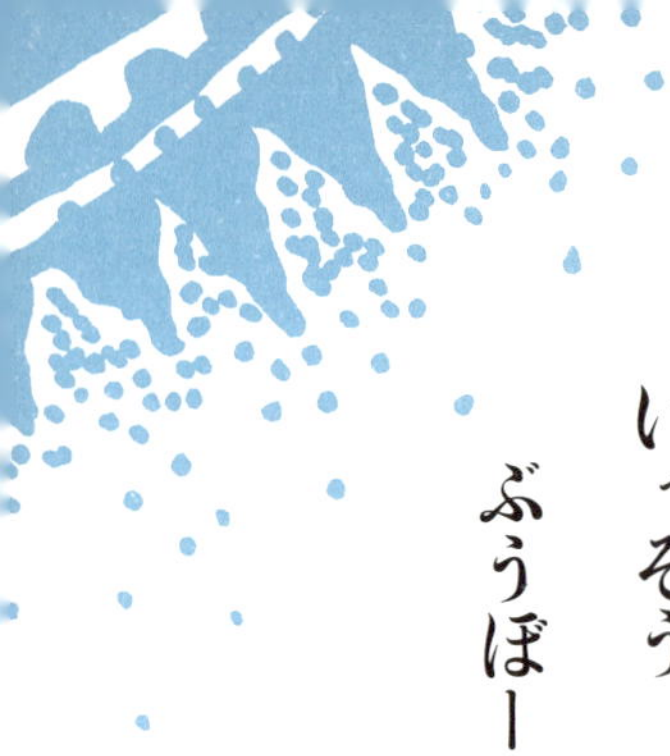

ごく　ごく　ごく。
ぶたじろうさんは、のどを　ならし
みずを　のみました。
これから　さむい　きたぐにへ　いくなんて
うそみたいです。
「でも、ほんとうなんだよなあ」
ぶたじろうさんは、エンジンを
いっそう　ふかしました。
ぶうぼーん　ぶうぼーん。

そして、四十五にちめ。

ぶたじろうさんは、ふるえながら

みせへ　とびこみました。

「あったかい　コートを　くれーっ」

はなみずを　かちんかちんに

こおらせている　ぶたじろうさん。

「これは、これは、おさむそうで」

のろまな　アヒルも、おおあわてで

コートを　だしてきました。

「わたくしどもの　はねが

たっぷり　はいっています。これなら、たとえ
こおりの　われめから、ざぶんと　うみへ　おちましても、
だいじょうぶです。ぶただんなさま」

あったかい　コートを　きこんだ　ぶたじろうさんは、
ゆきみちを　はしりました。
ぶうぼーん　ぶうぼーん。
ぶうぼーん　ぶうぼーん。
ところが……、いくら　はしっても、
みずうみは　みえてきません。
めじるしの　やまも。
「おかしいな。もう　五十にちめなのに」
ちずに　まちがいがなければ、
おおマスのすむ　みずうみが　あるはずです。

くびを　かしげ　かしげ、
ぶたじろうさんは　くるまから　おりました。
「めじるしの　やまも　ないんだよなあ」
あるのは　ウサギみたいに　こんもりと
もりあがった　ゆきだまりです。
「まさか、この　ちんこい　ゆきだまりが、
やまの　はずはないし……」
がっかりした　ぶたじろうさんは、
そのばに　へなへなと　しゃがみこみました。

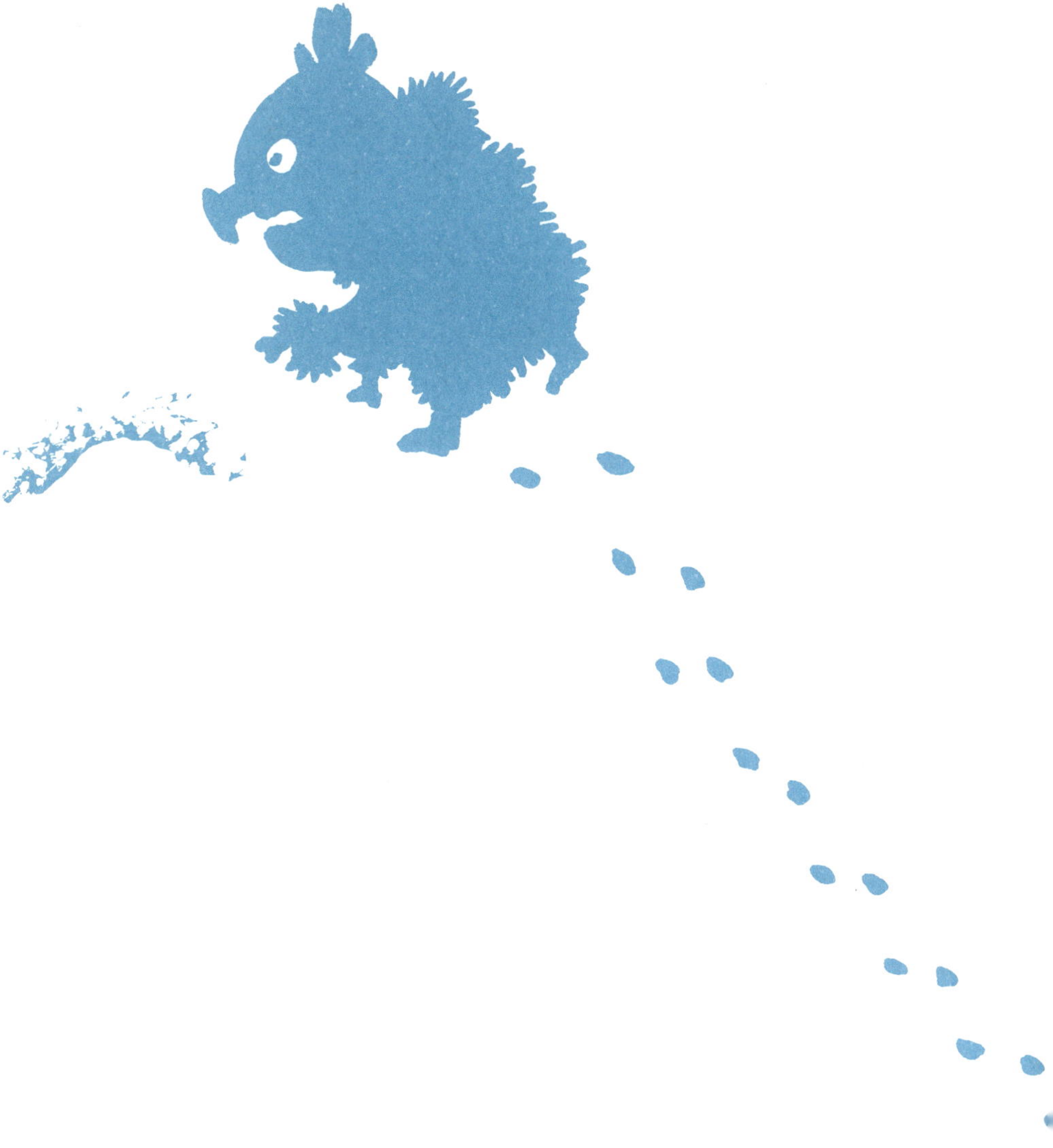

あしもとに　みずたまりが　あります。
いうまでもなく　みずたまりは
こちこちに　こおっていました。
すきとおった　こおりの　なかには、
メダカよりも　ちっちゃな　さかなが、
かぞえきれないほど　とじこめられています。
「てぶらで　かえるのは　くやしすぎるし……。
これでも　もってかえるか」
ぶたじろうさんは、こおった　みずたまりを、
ばりっと　ひきはがし、バケツに　ほうりこみました。

「つまんねえ、　つまんねえ、
つまんねえの　おおだいじん。
おおだいじんは　おかえりだい」
ぶががーん　ぶががーん。
くるままで　ふきげんのようです。
それでも　ぶたじろうさんは
くるまを　とばしていきました。
キタキツネの　みせを　あとに　のこし。
いくつもの　やまも　あとに　のこし。

やがて　くるまは、また　さばくに　さしかかりました。
「なんという、あつさだい。
あっちちの　あっちちの　あっちちの　ち」
ぶたじろうさんは、シャツ一まいに　なりました。
それでも　あせが　ぽたぽたと　ふきだしてきます。
のども　からからです。
「そうだ、あの　こおりを　しゃぶろう」
ぶたじろうさんは　くるまの　うしろに　つんだ、
バケツを　ふりかえりました。

ふりかえって……、　おおごえを　あげました。
「お、お、お、おおマスだー！」
バケツから　さばくへ、
かわが　ざぶざぶと　ながれだしていました。
さむくて　さむくて　ちぢこまっていた　みずうみが、
さばくの　あつさに　とけはじめたのです。
もちろん、こざかなみたいに　ちぢこまっていた
おおマスも、ばしゃーん　ばしゃーんと　はねていました。

ないしょだよ

ぶたの　ぶたじろうさんは、うみへ　でかけました。
くるまの　やねに　ボートを　のせ、
たべものも　やまもりに　つんで。
いいえ、たべものは　にんじんが
たったの　三ぼん　だけでした。
そのかわりに　ぶたじろうさんは、
こんなうたを　うたっていました。
じょうずに　ハンドルを　きりながら。

さばくを　こえたら
うみがある
うみには　さかなが
およいでる
おいしい　さかなが
およいでる
いっぱい　いっぱい
およいでる

そうです。ぶたじろうさんは
たべものなんて　いりませんでした。
だれにも　まけない　つりめいじんです。
うみまで　いけば、おいしい　さかなを
おなかいっぱい　たべられました。
「やっほー」
くるまは　たちまち　まちを　ぬけ、
さばくに　さしかかりました。

「それでは、一ぽん」

ぶたじろうさんは　にんじんを　かじりました。

あかくて　あまくて、そのまんま

あかい　ちに　なってくれそうです。

「ありがとう。にんじんさん」

ぶたじろうさんは、くるまを　とばしました。

ぶうおーん　ぶうおーん　ぶうおーん。

さばくの　すなに、くっきりと
しゃりんの　あとが　ついていきます。
いけども　いけども　さばくでした。
はしっても　はしっても　さばくでした。
それでも、一じかんも　はしると、
さばくの　まんなかを　つうかしました。
「それでは、一ぽん」
ぶたじろうさんは、二ほんめの　にんじんを
かじりました。

三ぼんめの　にんじんは、
さかなを　つりながら　かじるのです。
あおい　うみを　みながら、
あかい　にんじんを。
（でも　どうして、あおい　うみに、
あかい　さかなが　いるのかなあ？）
　ぶたじろうさんが、へんだねと
くびを　ひねった　ときです。

どっかーん。
くるまが　すなに　かくれていた
おおいわに　ぶつかりました。
「たすけてー」
くる　くる　くる。
そらで　三ど　まい、さばくへ　おちると、
くるまは　ぼうぼう　もえだしていました。

ぶじなのは、ボートと　つりどうぐだけです。
「おーん　おーん。
くるまが　もえたよー」
ぶたじろうさんは　なきだしました。
「うおーん　うおーん。
にんじんも　もえたよー」
ぶたじろうさんは　もっと　なきだしました。
「うわおーん　うわおーん。
かえれないよー」
ぶたじろうさんは　さらに　さらに　なきだしました。

なけば　なくほど、おなかが　すいていきます。

でっぷり　おなかも、はらぺこオオカミより
へこんできました。

「しんじゃうよー　しんじゃうよー」

なみだは、じゃぼ　じゃぼと　めから　あふれはじめました。

おなかは　ますます　へこんでいきます。

「たべたいよー　たべたいよー」

なみだは、ざんこ　ざんこ　あふれはじめました。

「たべたいよー　たべたいよー」

ざんこ　ざんこ。

「かえれないよー　かえれないよー」
ざんこ　ざんこ。
くるまは　一だいも　とおりかかりません。
ラクダに　のったひとも　とおりかかりません。
ひろい　さばくに　たった　ひとり。
それも　たべものも　なくて。
いつのまにか　そらには　ハゲタカが　まっていました。
ぶたじろうさんが　しんだら、
ごちそうになろうと　ねらっているのでしょう。

「いやだよー　いやだよー。うわーん」
なみだは、たきよりも　はげしく
ながれはじめました。
だー　だー　だー。
ごー　ごー　ごー。
だー　だー　だー。
ごー　ごー　ごー。

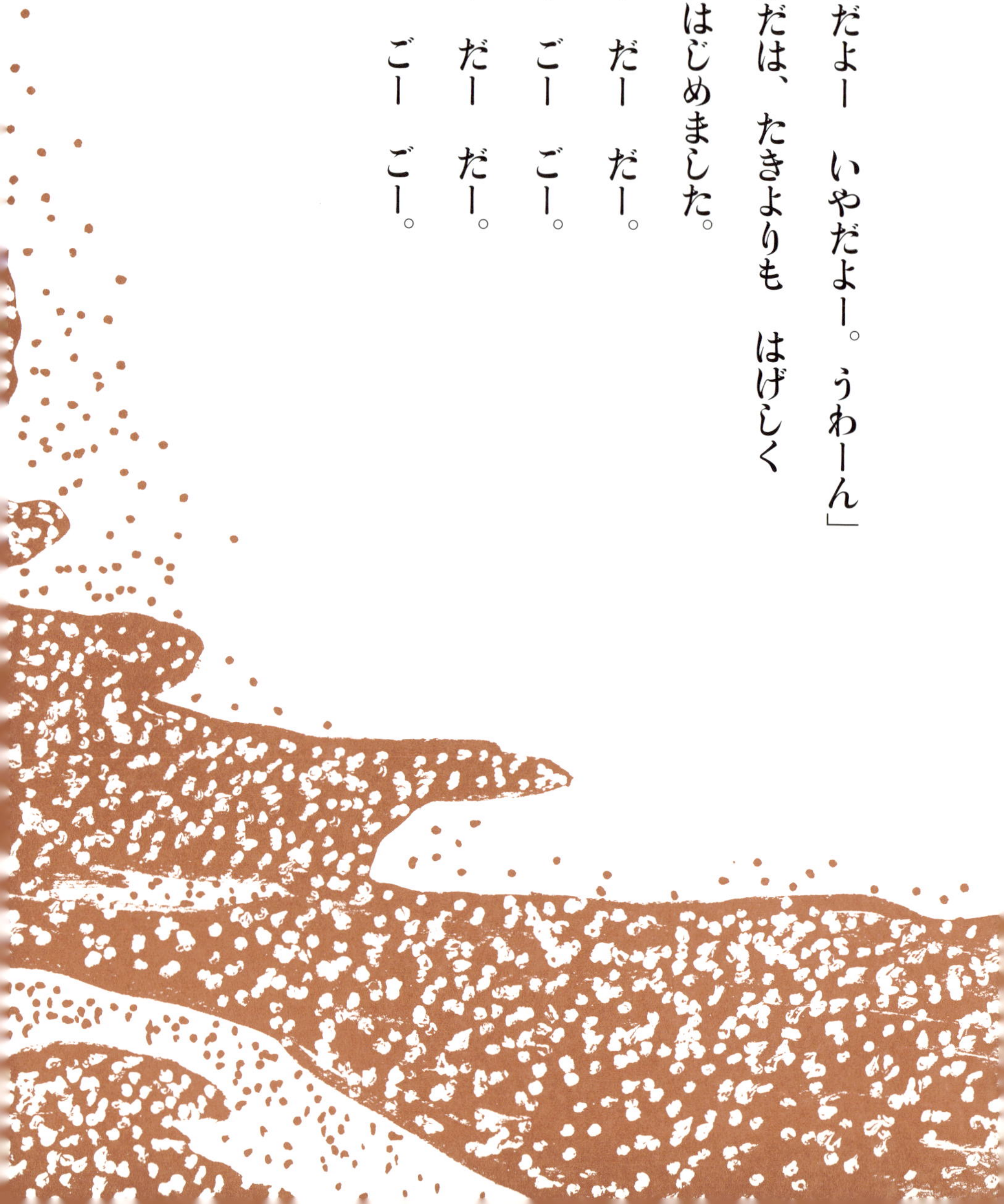

ぶたじろうさんは　ボートに　のり、
さかなを　つっていました。
あかい　さかな。
あおい　さかな。
さかなは　いっぱい　つれました。
「おいしいなあ　あかい　さかなも。
おいしいなあ　あおい　さかなも」
ぶたじろうさんは、おなかが
ぽんぽこぽんに　ふくらみました。

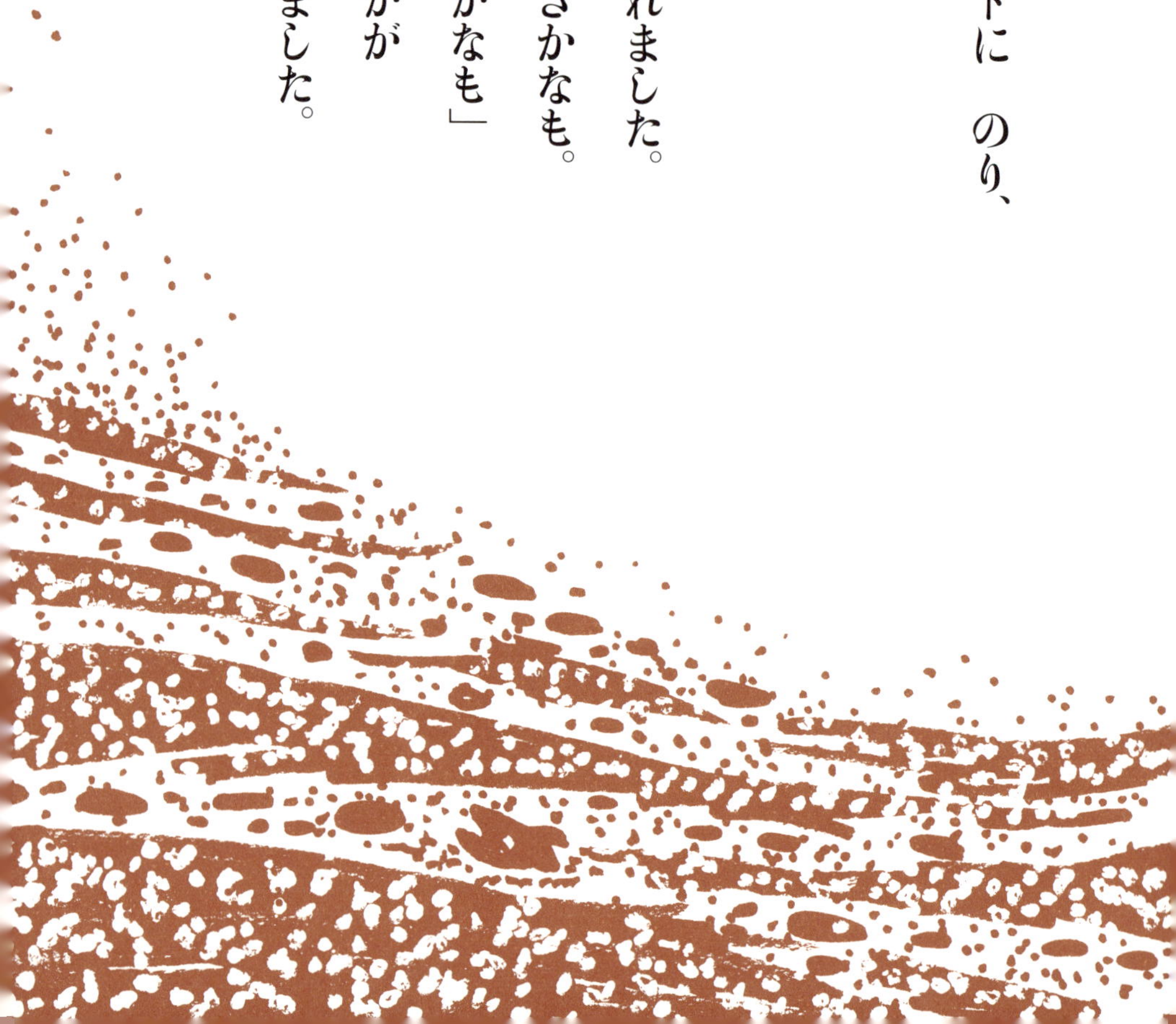

ぎーこ　ぎーこ。
げんきになった　ぶたじろうさんは、
まちへ　むかって　ボートを　こぎはじめました。
それから、だれにも　きこえない　ちっちゃなこえで、
こんなうたを　うたいはじめました。

ないしょ　ないしょ　ないしょだよ
ぼくが　えーん　えーん　ないたって
なみだで　みずうみ　できたって
さばくに　みずうみ　できたって

ちょっぴり　しょっぱい　みずだから
クジラも　およいでいたんだって

文・内田麟太郎

うちだ・りんたろう
1941年 福岡県生まれ。
詩人、「絵詞（えことば）作家」。
「おれたち、ともだち！」シリーズ（偕成社）や、
『とってもいいこと』（クレヨンハウス）ほか、
絵本や読み物など、数多く創作。
『さかさまライオン』（童心社）で
絵本にっぽん賞、『うそつきのつき』（文溪堂）で
小学館児童出版文化賞、
『がたごとがたごと』（童心社）で
日本絵本賞を受賞。

絵・スズキコージ

1948年 静岡県生まれ。
絵本や挿画のほか、イラストレーターとして
ポスター・壁画・舞台美術などでも活躍。
画集やエッセイ『てのひらのほくろ村』（架空社）、
絵本に、『あつさのせい？』（福音館書店）や
『うみのカラオケ』（クレヨンハウス）ほか、多数。
『エンソくん きしゃにのる』（福音館書店）で
小学館絵画賞、『やまのディスコ』（架空社）で
絵本にっぽん賞、
『おばけドライブ』（ビリケン出版）で
講談社出版文化賞絵本賞を受賞。

ぶたのぶたじろうさんは、みずうみへしゅっぱつしました。

発行日――２００６年４月　初版
　　　　　２００６年８月　２刷
文――内田麟太郎
絵――スズキコージ
発行人――落合恵子
発行――クレヨンハウス
〒１０７・８６３０
東京都港区北青山３・８・15
電話０３・３４０６・６３７２
ファックス０３・５４８５・７５０２
e-mail　shuppan@crayonhouse.co.jp
URL　http://www.crayonhouse.co.jp/
装幀――杉坂和俊
印刷――中央精版印刷

初出／「月刊クーヨン」（クレヨンハウス）
「きになるなあ」１９９６年４月号
「おおマス」１９９７年２月号
「ないしょだよ」１９９６年８月号
ISBN4-86101-049-7
NDC913　22×15cm　80p

このおはなしは、どんどんつづきます。おたのしみに!

ぶたのぶたじろうさんシリーズ

内田麟太郎／文　スズキコージ／絵

ぶたのぶたじろうさん①
みずうみへしゅっぱつしました。

●3話収録
きになるなあ
おおマス
ないしょだよ

ぶたのぶたじろうさん②
いどをほることにしました。

●3話収録
はやい はやい
サンタになりました
いどほり

●内田麟太郎さんの絵本

『とってもいいこと』
「♪いいことがある
いいことがある♪」
たこの8ちゃんがうたいながら
でかけていくと……
内田麟太郎／文　荒井良二／絵
本体1300円+税

●スズキコージさんの絵本

『うみのカラオケ』
あるひ たいさんが うみべで
たいりょうぶしを
カラオケで
うたっていると……
スズキコージ／作
本体1165円+税

crayonhouse